KB260518

떠나도 지키리

이 책을

_______________님께 드립니다.

雪泉 徐龍德
By Author : Abraham Yung So
문학서재 : http://myhome.mijumunhak.com/ays/
e-mail : us33arirang@hanmail.net
주　소 : P.O Box 201322, Anchorage, AK 99520-1322
전　화 : 1-(907)980-1179(c)

떠나도 지키리
서용덕 시집

초판 인쇄 | 2009년 11월 25일
초판 발행 | 2009년 11월 30일

지은이 | 서용덕
펴낸이 | 신현운
펴는곳 | 연인M&B
디자인 | 이희정
기　획 | 여인화
등　록 | 2000년 3월 7일 제2-3037호
주　소 | 143-874 서울특별시 광진구 자양동 680-25호(2층)
전　화 | (02)455-3987 팩스 | (02)3437-5975
홈주소 | www.yeoninmb.co.kr
이메일 | yeonin7@hanmail.net

값 8,000원

ⓒ 서용덕 2009 Printed in Korea

ISBN 978-89-6253-041-4 03810

서용덕 제3시집

떠나도 지키리

세 번째 詩集을 발간하면서

오랜만에 꿈에 그리던 고향을 두루 둘러보았다. 왠지 낯선 마을을 찾아온 것 같다. 고속도로가 뻥 뚫려 있었고, 고향을 지키는 어른들은 아는 체를 하여도 지나가는 사람으로 몰라본다. 내가 살던 정든 집은 20년 전으로 철거되었고, 한 집 건너 빈 집터들이 썰렁하였다.

석양이면 대나무 숲에 모이던 시끄러운 참새 떼 소리, 신명나게 뛰놀던 아이들의 소리도 사라졌고, 아낙네들의 빨래터인 두레박질 우물터마저 없어졌다.

첫눈으로 폐촌이 되었다는 고향 확인은 반가운 기대보다 그리움이 무너진 실망, 이제 정든 고향마저 내 추억에서 사라진다는 아쉬운 고향을 뒤로하고 돌아오는데, 왠지 허전한 무언가 빼앗긴 텅 빈 가슴에 외로움과 슬픔이 울컥 차오른다. 그러나 내가 떠났던 고향이 없어진다고 어머니 품안 같은 고향은 결코 잊을 수 없는 일이다.

이번 모국 방문 고향 확인은 내가 달라져 버린 두 가지가 있다. 그 하나는 매사에 참견하던 것이 없어졌고, 신변잡기 수다도 없어졌으며 정치, 경제 사회적인 가십거리에도 관심에서 멀어진다. 나이가 들면 기(氣)가 입으로 올라와서 말이 많아진다고 하는데, 하루가 다르게 광속으로 발전하는 e—세상의 물질문명에 따라가지 못해서 세대 차이로 아예 대화 상대가 없어졌는지, 세상 보는 법이 달라졌는지 첫 증상으로는 말이 없어졌다. 속담에 '가루는 칠수록 고아지고 말은 할수록 거칠어진다.'고 해서 '말이 많으면 쓸 말이 없다.'는 것을 의식해서일까.

시인 새뮤얼 코올리지는 '그림은 소리 없는 시이며, 시는 소리 있는 그림이다.' 하여 '화가는 말이 필요 없어서 그림을 그리고, 시인은 말을 아끼기 때문에 詩를 쓴다.' 하여 詩

가 곧 말이라서 그런가. 했더니 그게 아니다. 세상 보는 법이 달라졌기 때문일 것이다. 그것이 곧 깊은 생각이며 내면의 싸움이었다.

둘째 증상으로는 혼자 있기를 좋아한다. 외로움을 삭이는 데 익숙해졌다고 할까, 대자연이나 사물에 친해졌다는 것인가, 아무튼 혼자 있으면 홀가분하게 편안해진다.

그것은 끊임없이 대화를 하는 상대가 또 다른 내가 있었다는 것이다. 그 대화의 흔적이 詩가 되어 나온다. 이 땅 위로 세워진 탄탄한 건물보다 마음에 보이지 않는 감정의 집 여덟 가지 희로애락애증쾌고(喜怒哀樂愛憎快苦)가 어우러진 집안에 갇혀 이 세상을 바라보면서, 세 번째 시집은 '떠나도 지키리' 라 명명하여 변함없이 가진 마음이며 고향이었다. 그것은 하느님(고향, 집, 영혼, 당신)을 떠나도 하느님(!)을 지키는 마음이 삭아 나의 뜨거운 정서에 대한 차가운 이성과 싸움의 결과이다.

시인 예이츠는 '자신과의 싸움에서 스타일이 생기고 남과의 싸움에서 웅변이 생긴다.' 고 하는 나의 스타일이 누구나 느끼는 이 세상과 무관하지 않은 파토스(Pathos)와 에토스(Ethos)를 공감한 고백이었다.

끝으로 부족한 작품 좋은 글로 서평하여 주신 유한근 선생님, 아낌없이 이끌어 성원하여 주시는 미주한국문인협회 장태숙 회장님께 진심으로 감사드립니다. 아울러 제3시집으로 묶어 편집과 출판을 애써주신 연인M&B 신현운 사장님, 그리고 '미네르바', '월간 한맥', 미주한국문인협회, 한국농촌문학회에 감사드립니다.

알래스카
앵커리지 산방에서
설천 서용덕 절

제3시집 출간을 축하하며

　서용덕 시인의 제3시집 『떠나도 지키리』의 상재를 축하한다. 동토의 북극 알래스카에서 외로운 이민생활에서도 우리 민족의 얼이 깃든 한글을 사랑하며 세 권째 시집을 묶는 서용덕 시인에게 마음의 큰 박수를 보낸다.

　언어와 문화가 다른 미국에서 살아가는 것만으로도 쉽지 않은 일인데, 우리글을 갈고 닦으며 문학으로 승화시키는 일이 얼마나 어렵고 고통스러운 일인 줄 충분히 알기에 서 시인의 문학적 열정과 노력에 찬사를 보내고 싶다.

　나는 한 번도 서용덕 시인을 만나 뵌 적이 없다. 다만 알래스카에 거주하는 미주한국문협 회원이라는 것과, 10여 년 전에 여행 간 적이 있는 알래스카에 대한 경외감이 서 시인을 더 친근하게 느끼게 했는지도 모르겠다.

　서 시인이 얼마나 성실하고 순박한 인품을 지닌 시인인가는 그의 작품만 읽고도 충분히 알 수 있다. 오랜만에 찾은 고향에서 그는 '첫눈으로 폐촌이 되었다는 고향 확인은 반가운 기대보다 그리움이 무너진 실망, 이제 정든 고향마저 내 추억에서 사라진다는 아쉬운 고향을 뒤로하고 돌아오는데, 왠지 허전한 무언가 빼앗긴 텅 빈 가슴에 외로움과 슬픔이 울컥 차오른다. 그러나 내가 떠났던 고향이 없어진다고, 어머니 품 안 같은 고향은 결코 잊을 수 없는 일이다.'라고 자서에서 다부진 결심을 술회하고 있듯이 그의 순박한 고집스러움은 그의 문학에도 닿아 있다.

　서 시인의 제3시집 『떠나도 지키리』의 83편의 시에는 고향에 관한 그리움을 바탕으로 생활에서 깊게 느낀 생각들이 냉철한 이성으로 일갈하기도 하고, 때로는 부드럽고 촉촉한 감성을 지닌 별처럼 반짝반짝 빛나기도 한다. 2부의 〈급행료〉

나 〈출사표〉 등은 독자의 가슴을 서늘하게 할 조소들이며, 3부의 〈설화〉나 〈봄비 오는 날〉은 감성적인 시적 은유가 이슬 젖은 풀잎처럼 살아 움직인다.

　서용덕 시인은 수필로도 이미 등단하여 검증된 수필가이다. 그의 시와 수필이 이 낯선 이국땅에서 살아가는 모든 이민자들 뿐만이 아니라 팍팍한 현대를 살아가는 이 시대 모든 사람들에게 일조할 수 있기를 기대하며 거듭 제3시집 『떠나도 지키리』의 상재를 축하한다.

2009년 10월
장태숙
(미주한국문인협회 회장)

2부

3부

4부

1부

고향

타국 땅에서
달구어 익은 고향은
저 하늘로 높아만 가는 그리움

날 저물어
들녘에서 주섬주섬 묶어
집으로 돌아오던 시간
무겁던 걸음마저 허기를 채우는
밥 짓는 연기 피어오르는 냄새

골목길에 가득했던 동무들이
발바닥 뜨거워 신명났던 소리

가을은 뒤안길로 떠나는 추억으로
내 머리통 기억 속에 떠나지 않는
황금벌판으로 담금질한
고향(집)을 떠나도 고향(집)을 지키리.

*고향 떠나 수만리 도시로 간다/텃밭 같은 품안을 떠나/먼 나라 막막한 들판까지 왔는데//멀어진 고향 잊기에는 아직은 생생한 비릿내움/태어나 자란 곳 바라보는 하늘 저편에/언제나 마음은 고향에 살아 있다//황량한 들판에서 먼 하늘로 시선이 머무는 곳/머리 돌려서 떠나지 않는 고향의 그 무엇/떠 오른 해가 저물어 가는 날/사철 따라 찾아 드는 무게 더한 나이만큼/비릿내 묻은 고향 하늘 가까이에/시시때때로 배고픈 간난 애기가/엄마 부르는 칭얼대는 소리//내 고향은 외로움 달래주는 그리움이/산처럼 쌓이고 골처럼 깊어만 간다. _제1시집 〈고향생각〉 전문

빛나는 이름

그 이름은
난세 중에 영웅 있다 하여
한 사람이 수천만을 감당하면
마음은 물 먹은 솜방석이 되고
몸뚱이는 납덩이가 되어
쓰러져 일어나지 못할 때
이름마저 가엾다 하던 것을

그 이름이
난세 중에 영웅이라 하여
수천만을 다스린 한 사람이
날고뛰지 않아도
천 리를 보며 만 리를 알아
영원히 꺼지지 않는 불꽃이더라

내가 잘 나고 못 났더냐
네가 못 나서 잘 났더냐
말(斗)과 자(尺)로 헤아려도
가진 이름이 무겁고 가벼운 것
두고 보면 썩어질 몸뚱이보다
소중한 이름은 영원히 썩지 않으리.

마음은 하늘

죄가 있어 벌을 받고
벌이 있으니 법도가 생겨
법도를 다스리는 천명이 있고
천명이 있어 하늘이 있다면

밤하늘에 수놓은
머릿수만큼 많았던 별들과
낮에는 한 주인만
섬긴다는 태양이 무엇인고

밤낮이 어우러지는 하늘에
마음의 화복은 허공에 있으니
오는 화을 막아 멀리하고
가는 복을 붙들어 쌓으리라.

마음 2

하늘일까
구름일까
바람일까

생각일까!
소리일까!
느낌일까!

보이면서 안 보이고
있다가도 없고
비어 있으면서 가득 차고
나갔다가 다시 찾아오는

눈 뜨면 하늘에서
눈 감으면 가슴에서
뼈가 있는데도 뼈가 없고
죽어 있었는데 살아나 있다.

시력

멀리 보이는 것도
자세히 보이는 것이
그리움이고 사랑이다

가슴으로 보이는 것
눈 감아도 보이는 것

안팎으로
멀리 보이고
가까이 보이는

희미한 물체를
확대경으로 들여다보듯
기다림은
마음으로 보는 시력이었다.

무거운 사람

입술 무거워
엉덩이가 무겁고
발걸음이 무거워
흘러가는 물살로 깎아
지나는 세월로 다듬는

가벼이 날지 못한
날개 없는 설움이
우물처럼 깊어
끈 짧은 두레박을 가지고

천근만근 무거운 마음을
가슴에서 내려놓지 않고
다 챙겨 짊어지고 가는
무거운 사람이 누구였을까

눈물 있어도 보이지 않고
근심 일어도 사랑만 넘쳐
언제나 진실로 열어 보이는
세상 무거운 사람은 어버이였을까.

눈물

따딱이 부딪치는 소리로
빗방울이 우두둑
살별처럼 쏟아질 때
쌓였던 설움을 쪼개어
부서진 바람은 하늘로 솟는다

무거운 가슴에서 뿌려진
기차게 뻗쳐 내리는
깨어지는 구름 조각들이
마른 마음을 적신
진한 생명수였지만

하늘이 닫혀도
꽃을 피웠던
열린 가슴으로 내려 씻는
뜨거운 눈물이었다.

길을 찾아서

천 갈래 만 갈래 길이 있어도
잃어버린 길이 있고
돌아올 수 없는 길이 있다

오늘도 찾아 나서는 길
나를 찾아 떠나는 길
이 세상으로 가다가
저 세상으로 가는 것

약속의 길
둘이 걷다가 혼자 가는
두 마음이 싸워 이긴 길

도둑을 지키는 개가 아니라
마음을 지키는 것이 길이며
바른 길을 지키는 것은
나를 찾아가는 길.

구리전 한 닢

많으면 많을수록 숨겨 인색하고
적으면 적을수록 굶주려 처량한
그런 내가
길가에 떨어진 구리전 한 닢을 보고도
가치 없다 듯 지나쳐 버린다
새벽에 노래하는 새들은 배가 불러
밤중에 울부짖는 새들은 배가 고파
소리 지르지 않을 것인데
주인을 잃어버린 구리전 한 닢은
버려진 것 아닌 실수 때문에
구둣발에 짓밟히는 서러움을
아이가 무심코 줍어들고
소중한 물건으로 자랑하며
아이가 아끼는 황금 통에
가진 것을 사랑으로 채운다
그렇게 하던 것을
많으면 많을수록 적으면 적을수록
귀에 익은 새들의 소리가 다르다.

밥충이

주차장에 모인 까마귀
그중 다리 하나 부러져
외발로 껑충껑충 뛴다
내 앞에서 까악까악 울길레
마른 빵을 던져주었더니
입에 물고 날아간다
덩달아 다른 까마귀들이 모인다
너희들 몫까지 없는데
쏘다니며
하루 벌어 하루 찾아 먹으라

일하지 않는 날도 밥을 먹는다
입속으로 밥이 들어가냐
먹어야 살지
그럼 굶어 봐
배부르면 엉뚱한 생각하고
배고픔이 피눈물을 알게 된다
밥을 먹으면서
까마귀만도 못하는 밥통이
잡은 숟가락이 덜덜 떨린다.

기쁜 소식통

하나밖에 없는 외길에 나무토막으로 쐐기 박은 듯, 앉지도 서지도 못하여 머리카락이 뻣뻣이 일어나도록 젖 먹던 힘까지 밀어 보아도, 밑살까지 밀려 나오니, 터진 입으로 헛구역질만 꽤~액 꽤~액 나온다.

애기 낳는 산모의 산통 같은 식은땀이 송골송골 솟아오르니, S자 결장에 단단한 자갈덩어리 비눗물도 들어갈 틈도 없지만, 응급처치 기름 좌약* 밀어놓고, 한참을 기다린 소식이 검은 자갈 하나 미끄러져 나오더니 단단히 막힌 것 한꺼번에 퍽퍽 쏟아져 기쁜 소식통에 가득 차오른다. 순간적인 안전사고는 '급할수록 돌아가라' 지름길이 막다른 길이 될 수 있고 일방통행이 막히니 입을 열고 닫는 법이 천지가 열리고 닫히는 이치로다.

* 좌약명: hemorrhoidal

어디에 있을까

하늘보다 드높은
품은 뜻이 넓다든가
티끌만한 믿음이라도 가졌던가

바다보다 넓어
텅 빈 가슴으로 망망한가
베푸는 사랑이 크다던가

높고 넓은 천지에
마음과 가슴은
티끌에 불과하다만

부족한 믿음과 사랑을
가득 채워주는 바다와 하늘같이
은혜로 주시는 것은
어디에 있을까?

어디 다녀오는가

아이들은 학교에 가고
나는 꽃밭이나 둘러보니
벌 나비 훨훨 날아오는데
오던 길에 사람들을 만나면
어딜 다녀오는가

소송 걸려 변호사 만나고
병들어 의사를 만나고
장날이나 장바닥 보고
초상집에 문상 갔다 오네

오던 길 가던 길에
바람 불어 바람났던 사람
진땀나게 바쁜 걸음들이
이 밤중에도 어디 갔다 오는가

세상이 어둡지 않아 밤낮이 없어
보이지 않는 난세(難世) 아닌가
저쪽으로 가 보니 이 세상이고
이쪽으로 가 보니 e—세상이네.

어디에

돌아다니는
마음이 어디에

풀어 난다는
생각은 어디에

솟아 나오는
사랑이 어디에

모두가 보이지 않고
잡히지 않는다.

변화의 몸짓

모양새가 장애물일까
촉진제일까
강하면서도 약하게
변화를 주는 속도였다
때로는 느리게
때로는 빠르게
변하는 데로 움직이는 힘
책임이며 의식이다

바람이 불어오면
양으로 따져 씨줄이고
질적으로 보면 날줄이다
바람이 나뭇가지 흔들지만
뿌리는 흔들리지 않는 힘
나무가 흔들리는 만큼
뿌리로 뽑아 오르는 변화
생명의 몸짓이었다.

진행형

영어 단어에 ~ing(아이 엔 지)
아이I,(나)
엔N, and(그리고)
지G, go(가다)
쉬지 않고 있는 진행형

아이고오! 힘들어라
아이고오! 곡을 하는

낮과 밤이 반 토막으로 나눈
안팎으로 영원히 돌고 도는
하루라는 동그라미 진행형이
굴러가고 있다

잉 ~ing 소리도 없이
우주가 돌아간다
아이고오, 아이고오
그 소리로 살아나고 있다.

생각하는 것

희망이 가득할 때
보이는 것으로 즐겁고
욕심이 가득할 때는
보이는 것으로 싸우며
마음이 부서질 때
진실이 보이고
육신이 부서질 때는
아픈 상처만 있으며
웃음이 부족하면
폭력이 차고 넘치고
사랑이 부족하면
마음을 쪼개 나눌 수 없다
가득하면 부서지는
바람을 보고 구름을 보며
눈 감으면 마음을 보며
눈을 뜨면 하늘을 보라.

2부

여보시요

아는 것이라 하면 모양만 있지
별 볼일 없지 않는가
언젠가는 내 몸도
내 몸 아니다고 하는 날
저승 가는 수의 복에
빈 주머니 빈손이라네

보면서 끼리끼리
잘난 체하지 말고
잘났다고 우기지 마소
앞세우는 것이
황금 많은 것인가 권세이던가
미모인가 실력이던가

모르는 것 아닐 텐데
마침표 찍는 날
다 소용 없는 것이라네
가진 것이 넘치면
아낌없이 베풀어 보소
나누는 일이 사랑 아니던가.

출사표(出師表)

마음의 뜻을 모아
선악을 분별하는 책임 다하여

내 허물을 책망하는
종횡(縱橫)으로 날뛰는 사악한 무리
썩은 이목구심(耳目口心)을 도려내자

비록 혀가 짧아도
직언(直言)을 서슴지 않는
날선 필봉(筆奉)을 세워

한 번 죽는 목숨 두려워 말고
세상의 바른 뜻을 세워 보자

이름만 걸어놓고
공(功)만 내세우는 썩은 무뢰배들아
침이나 바르고 속이며 챙겨라.

세도가(勢道歌)

이 자리에 세워주셔서
손에 칼자루를 쥐어준 사명은
역사적인 신화의 기적을 이루는
새로운 나라로 건설하여 나가세
오직 하늘을 지키는 목숨은
제 손에 있는 칼자루 휘둘러
밖으로는 모양 좋은 민주화요
안으로는 칼을 뽑아 쳐 나가세
새벽을 여는 칼의 힘을 믿는다면
칼을 따르는 자는 높이 오르려
나라를 위하여 목숨을 바치려는
피의 투쟁으로 출발하며 나가세
모든 계층의 차별을 만들어
인정사정없는 가시적인 변화로
누구든지 경쟁하도록 도와서
강한 칼날의 힘으로 일어나 보세
칼의 근본은 피를 갈라서
칼날에 활짝 피어난 붉은 꽃이
목을 들여 내어 죽기를 각오한
선봉으로 이르는 백정들이 일어나리.

혼돈(混沌―Chaos)

제멋대로 막되어
눈물이 메말라 버린
질서가 무너져 아수라장일 때
바로 잡은 심판은
40일 주야로 내린 비가
차고 넘쳐 확 쓸어버려
반듯하게 바로 세웠다던 일
그런 영육의 혼돈이
또다시 시작되고 있다
지금까지 다스렸던 질서가
수선스럽게 흐트러져
마음이 마르더니 사랑마저 변하여
영육의 뜨거운 입질이 넘쳐
빨간불이 번쩍번쩍
거리마다 나팔소리 요란할 때
바로 잡을 심판은
40일 주야로 쏟아지는 눈물로
시작되어야 하는데
바싹 마른 가슴에 눈물마저 없구나
혼돈이 있어 질서가 있었다는 일.

나 어때요

혼돈의 세상을
질서 있게 정리하고자
마지막에 인간을 빚으면서
사람을 만들어 영혼을 불어 넣고
악마에게 "이것은 어때요?"

나를 따르라!,
나~를 따~르~라~고
인간들은 하느님을 따르려다
사악한 악마를 따르려 묻는다
나 어때요?
사람들이 악령의 유혹을 따르니

하느님은 악마와 대적하는데
신나는 구경꾼은
누구의 편을 들어 응원하고 있었더냐

인간은 하느님의 편이라서
사람은 악령의 편이라서
나 어때요? 묻고만 있으니
하느님과 악마의 전쟁은 끝나지 않는
영원히 영~원~히 싸우다가
마지막의 절규 통곡의 절규는

왜 나를 버리셨나이까
'엘리 엘리 라마 사 박다니*

급행료

나 모르게 돌아다니는
두툼한 떡값
낮에는 눈먼 것이라
만사가 특급행이다
저승 가는 앞문에도
빠른 급행료 없는데
뒷문으로 챙기는 보따리는
저녁이면 눈을 뜨고
온전히 주는 마음이 아니라
더 많이 받아가는 요술방망이
앞문에서 화려하게 포장하여
낚싯줄로 던진 받아먹는 떡값
덥석 받는 급행료 바늘귀에 걸린
검은 눈도 밝은 야행성이로구나.

목욕탕에서

다 벗어놓고 냉온탕 사우나로 찜하면
영육에서 쏟아나는 비지땀이
믿음이 이단(二段)인가
쌓은 탑이 삼단(三段)인가
말씀이 구단(口段)인가
냉탕처럼 차가운 이단(異段)일까
사랑 같은 온탕이 삼단(三段)일까
온몸 달구는 사우나가 구단(九段)일까
이단 삼단 구단까지 따라
태초의 참사랑은
나를 알고 있는 초심만이
하느님이 보여주던
하느님을 닮아 있던
다 같이 벌거벗은 모습이더라.

무서운 사람

도대체 알 수 없는
힘들고 어려운 일 찾아
세상 좋은 물건들이
불타는 열정으로 쏟는
무서운 사람들은 쉬지 않고

잠자는 잠재력을
깨어 있은 훌륭한 사람들이
하는 일에 미치지 않고서는
위대한 작품이 탄생하지 않았다

일 공부 사랑 사업에 정신없이
보통 사람들이 조금 미쳐 있지만
무서운 사람이 하는 일은
거룩한 혼불만 태우는 일

저 사람 좀 봐!
지목하는 손가락은
부끄럽지 않은 무서운 사람이겠지.

승자와 패자

끼리끼리 싸운다
잘났다고 덤비며
잘한다고 덤빈다

먹히고 먹히면서
살기 위해 싸우고
먹기 위해 싸운다

밤과 낮이 싸우고
바람과 구름이 싸우며
마음과 마음이 싸운다

평화는
자유는
사랑마저
싸워가는 것인가

싸움은 끝나지 않았고
승자도 패자도 없이
모두가 깊이 잠들어 떠나고 만다.

바람이 전하는 말

산 넘어 들판으로 가는 길에
천군만마같이 지나고 있다

빛 부신 햇살 틈새로
비켜 가듯이
헐떡거리는 숨소리들

목마르게 따라오는 계절 쫓아
하늘에서 내려준 것
계절 따라 지나는 목소리가
바람으로 전하는 말

봄 여름 가을 겨울로
씨뿌려 빨리 깨어나자
넘실대는 벌판으로 힘껏 펼쳐
불태워 익은 열매 거둬 보자
우리 사랑을 함께 나누어 가 보자.

독백

순수한 예술이라고
노래 부른 글을 따다 모은
소리의 아름다움

우주 속에 떠도는
살아 있는 생각들을
붙잡아 태우며
불꽃에 녹아내리는 시상

좀 더 새로운 세계
좀 더 넓은 세상으로
마음과 가슴이 가까워
한 송이 꽃으로 피어날 때

지치고 쓰러지는
맑고 고요한 침묵의 언어는
영혼에서 쏟아지는데
주워 담을 수 없는
신음으로 내뱉어 버린다.

그날에

하늘에 지은 집으로
흙에 묻혀 있는 집으로
가던 길로 떠나고
오던 길로 떠난다

재물도 명예도 사랑도
홀랑 벗어놓고 남긴 채
영웅호걸도 영락없이 떠난다

그날에 아무도 알 수 없는
열두 달에 걸려 채인
문턱 넘어 떠나는데

백 년을 쌓아도
빈손으로 간다며
나그네 되어 가는 길

그냥 갈 수 없지만
천 년을 밝혀주고
천 년을 지켜주는
혼불 같은 이름 하나 들고 간다.

그날이 오면 1

쨍 쨍 부서지는 햇살이
계절 다르게 찾아오니
만년설에 잠든 시린 바람은
숲 속으로 파고든다

초원을 칠하는 초록 물감은
마음밭에 향긋이 스며들어
그날이 되면 만찬을 위한
하늘빛이 밝게 펴지고

남쪽 바람은 소금기를 실어
태평양을 건너오거든
계절마다 체온이 다르게
철새들 날갯짓이 한가롭다

무엇이 소중하여
무엇을 찾아온 것인지
뿌연 안개만큼이나
시야가 흐려지는 그날일 것이다.

그날이 오면 2

기다리지 않아도
내 차례가 다가오는
언젠가 그날이 오면

이곳을 떠나면
어디로 가는가 묻지 않는
언젠가 그날이 오면

자리를 끝까지
지키지 못할 것을 두고
언젠가 그날이 오면

내 앞으로 떠나는 사람들을
비켜서서 바라보면
하늘로 오르며 흙으로 가는

잠시 빌린 것을 갚아주는
언젠가 그날이 온다.

정답

삶의 문제를 가지고
정답을 구하는 방법은 있는데
정답이 없는 문제
물음표를 가진 인생을
정답으로 찾으려고 하는가!
영육으로 우러나는
도구의 연장을 다스리는
장인정신의 방법일 뿐
확실한 정답은
수학 문제에만 있었다
인생은 수학 문제가 아니라서
정답이 없다는데
정답이 있다고 한다
그것은 자기 몫이었다.

그럴 수 있나

힘이 없는 사람들이
살아가기 위해서
살아남기 위해서
속으로는 "아니오"
겉으로는 "예" 하며
충동과 갈등을 가지고

진실한 마음을 따를 것인가
타인의 시선을 따를 것인가
힘이 없는 사람이
선택하고 있었던 것은
자신을 속이는
거짓말을 할 수밖에 없다고.

3부

포인세티아(Poinsettia)*

시린 마음이 불붙어
피빛으로 탄다
헛바닥으로 늘어진
생살 드러내놓고
빨갛게 녹는 빛
베들레헴의 별이 되어
성스러운 꽃이 되었다
내 마음이 타고 있어요
예수 탄생을 축복합니다.

 * 포인세티아(Poinsettia)는 멕시코 남부지역 원산지로 대극과의 본명은
〈Euphorbia Pulcherrma Wild〉이다. '내 마음이 타고 있어요', '축복합니다', '축
하합니다'의 꽃말을 가졌다. 포인세티아라는 이름은 멕시코 주재 초대 미국 대사
이며 탁월한 아마추어 식물학자인 Joel Roberts Painsett의 이름에서 딴 것이다.

눈

얼어붙어 내리는 눈
눈꽃*이 대답하여
하얗게 피었다고 한다
모든 색을
합치면 검정색인데
모든 색이
빛으로 모이면 하얀색일까.

* 눈꽃(Snow Drop)은 겨울을 지켜주고, 꽃말은 희망, 첫사랑의 한숨이다.

설화(雪花)

바삭바삭 마른 구름을
튀밥으로 튀겨
흩어 내리는 넋

다시 살아 찾아오는
감당할 수 없이 벅찬
눈물도 환희도 아니련만

맑은 기운들이 모여
선녀의 학이 되어 날아들고
신선의 백발로 휘날린다

날 선 서릿바람을 거슬러 올라
분분히 내리는
조각으로 부서진 꽃

엉겨붙은 소망은
한 마리 까마귀가 걸터앉아
불러주는 혼백으로 짖어댄다.

봄비 오는 날

쌓인 눈이 삭지 않고
얼음도 풀리지 않았는데
훈풍을 붙잡고 내리면

눈이 삭아 얼음마저 풀려
허기진 몸뚱이
봄을 기다려 입맛 다실 때

어둠 속에서 움트는 새싹들이
빗소리 반가운
따뜻한 들밥으로 먹는다

봄비 내리는 날
서걱서걱 들밥 먹는 소리는
배부른 꽃망울을 맺으며
산천 푸르게 돋우고 있었다.

봄바람

처녀 발자국 따라
안개 바람이 불어온다

암컷 계절을 정복하는
쪽빛으로 올라탄 수컷

따스한 양지에 자리 잡아
봄을 캐어내고 있다

무슨 일이 일어났다며
가슴 환하게 열려진 입

꽃들이 피어 있지만
슬프게도 울고 있는 것이다

방정맞게도 덜컹거리며
수컷 발자국 소리가 따라온다.

꽃

꽃이 되기까지
인고(忍苦)의 세월은
꽃으로 피었을 때
꽃이라 하였다

안으로 멍울져
까맣게 타들어 가는
슬픔이며 눈물을
꽃으로만 피어날 때

꽃으로 피기까지
바라고 기다린 것이
꽃으로 피어날 때
꽃이라 하였다.

꽃이 되어

꽃이
어디에 있어 꽃이듯이
사람도
어디에 있어 사람이다

사람들이
꽃 같은 마음이기를
소망하는가

가슴으로 태워서
가진 것을 나누며
아낌없이 내보여도

사람들이 꽃을 보아도
꽃이 되지 않는다.

님 그리워

구름 속에 갇힌 달이
밝은 빛이 없으니
달을 찍어내어
님의 마음 환하게 밝혀 보자

구름 속에 묻힌 달이
시름겨워 끙끙 앓으니
달을 캐어내어
님의 얼굴 찾아보자구나

구름 속에 노는 달이
애타게 기다리게 하니
바람아 저 구름 밀어내어
님 오는 길 밝혀 보여라.

사색

달빛이 창문으로
찾아왔건만
잘못 찾아왔다고 쫓아내니
삐쭉거리는 입술로
비아냥하는 소리를
알아듣지 못하고
떠나는 달을 바라보니
어두움이 차가워
달빛이 밝아지고
마음이 고요하니
생각만 깊어진다.

나무들의 운명

숲 속에 모여 있던
나무들이 운명을 바라보며

가지 큰 나무가 천년을 버티는
궁전에 대들보라 하니
삐쩍 말라 곧은 나무는
기죽은 듯이
석가래만 걸쳐주어도 좋단다

못생겨 볼품없는 비틀어진 나무는
무지한 아궁이를 차지할지언정
장인들의 손끝으로
단단한 살결이 고와
안방에 침상이 되고
윤나는 책상이 된단다

하늘만 바라보던 나무들은
사람 잘 만나야
귀한 대목으로 쓰인다고
작은 흰개미들이 일러주는데
나무들은 모르는 소리라 우기고 있다.

자화상(自畵像)

동그랗게 그리며
보이는 모습으로 그린다
작은 나를 크게 그리며
행복은 해맑아서 샛노랗게
눈물은 부서진 초록으로
위선은 숨겨서 까맣게
사랑은 진한 핏빛으로 그려놓고
빛부신 진실과
표정 없는 마음은 무(無)색인가
하얗게 그려지는 가슴은
아무것도 없는 허공(虛空)이며
보이는 색으로 내 모습 그려지면
그림자 모양으로 그려지고 있을까.

사람의 자식

일평생 사백 개의 여의주에
한 번씩 쏟아지는 오억 마리의
궁창에 떠도는 이무기들이

달거리하는 자궁 안에서
용상이 허물어지는 먹피에 삭어
깨진 여의주로 흘러내린다

내가 태어난 우연한 인연은
여의주로 잡은 용이 사람의 자식이라
하늘(夫)과 땅(母)이 진땀으로 포효하였더라.

떨어진 씨앗

정든 곳 떠난 지 오래 되어도
늘상 떠나지 않은 고향은
철따라 논밭 누비며
뿌린 땀이 삭지 않은 것이
억세게 자란 씨앗으로 붙들고
지금 내 몸 편한 것 게딱지 졌어도
고급문화 생활을 모르며
소박한 풍물에 만족할 줄 알고
여린 마음조차 아름다운 것은
흔들리는 호롱불도 밝아서
책 보다가 가려우면 이(蝨)를 잡다가
구멍 난 문풍지 바람에 춥다고
이불 속에 파묻혀 골아떨어진 잠
아침이면 상쾌한 바람으로 살찐
그을린 얼굴이 팽팽하던 젊음이
밤이 대낮 같이 밝아 있어도
어둠 속에 파묻혀 잠들어 가는
여문 씨앗으로 갔다가
떨어진 씨앗으로 찾아오는 고향.

홀로서기

혼자이기를 고집하며
가까운 것 멀리하고
멀어진 것 가까이
찾아온 허허벌판에서

떠나는 것이
찾아가는 것이라고
마음이 모아지고 있다

가진 세월만큼 자라난
뿌리 없는 사랑을
소용없음 이제 알고

한 알로 심어지는 씨앗은
생 살점 도려내어
새로이 뿌리내릴
홀로 떠나는 길이었다.

나그네

구름이 머무르지 않고
떠도는 것
네 가진 재주이더냐

물고기 물길 따라
올라 차는 것
네 꼬리치는 힘 같더냐

높은 산 떠나지 않는
나무와 바위들은
뿌리 깊이 박혀 있더냐

재주 · 힘 · 뿌리 없는 이 마음
정처 없이 떠도는
설운 나그네라 묻지를 마라.

빈집

채울 것 없어
텅 비어 있는 집
이 몸마저 내 것 아닌 것을

아끼며 베풀며 나누려
가슴 깊이 숨겨진 마음
드러낸 진실이었는데

소유하지 않은 사랑은
사랑 없는 빈집이라서
포근히 쉴 곳도 없었다

마음 없는 내가
사랑 없는 너를 따라서
배신을 보며 이별을 보고
가슴 아프게 슬퍼하며
내 가진 소유는 아무것도 없다.

방랑자

—Nomad

머무는 곳이 순간이듯
종일토록 헤매며
정처없이 떠돌다

길을 찾으면
끝을 모르고
어디로 떠나는 것은

하늘 보며 구름같이
좋은 날에 바람 되어
슬픈 때에 강물처럼
흘러 흘러 가리라.

4부

건물 1
―병원

하얀 건물 안에
하얀 가운 입은 사람들이
문턱 없는 문턱을 정리하며
지친 웃음만 가지고도 웃는다

벌레를 가진 사람들은
문턱으로 순번을 기다리며
영·육이 제멋대로
모양새가 비틀어지고 찌그러진
굳어진 얼굴에 웃음마저 없다

하얀 건물 안에는 육신을 찢어
갈래갈래 나누어 놓고
벌레 먹은 육신을 맡겨서
자리 잡은 벌레를 찾으러 다닌다

찾은 벌레, 잡는 벌레는
두툼한 약봉지로 들고
희미한 미소와 활짝 웃는 미소는
벌레들을 잡았다고 걸어 나온다

천사 같은 백의의 사람들이
찾아주고 잡아주던 벌레들이

남은 시간을 가르킨 문턱을 보며
성한 몸값 하겠다고 흥정만 하고 있다
성한 몸값이 무엇인지
무서운 벌레들을 알기나 하였다듯이…… .

건물 2
―학교

무거운 책을 꿈으로 짊어지고
새 길 내어 갈고 닦는 앞날은
젊은 영혼에 피가 끓고 있다

스승과 눈 맞추며
배움 한마디 가르침 한마디에
눈 귀 세워 탄탄한 탑으로만 쌓아간다

이 나라에 대들보요 집안에 기둥이며
평생 배부른 그릇 만들려
세상일 모르면 어렵고 알면 쉬운 것이라
쉬운 길이 어려운 것은
세상 등용문이 높기 때문에
뛰어야 오를 수 있고
가진 학과 뛰어넘는 높은 벽을
누구도 날 대신하여 뛰어넘어 주지 않아
인생은 스스로 만들어 가는 탑이며
뛰어 넘어야 할 벽.

건물 3
―백화점

강한 힘은 명품인가
힘없는 자 기죽었다
명품 일류 전공하면
마음이 썩어도 악취가 없고
웃음이 썩어 얼굴이 고울까
모양 좋은 포장지는
황금이라면 영혼을 팔아
명품 대접을 받아야 하니
가진 것 없는 사람마저
강한 것에 중독되어
진열장의 명품으로
새 것만 좋아하는 사람과
마음 하나 바꾸지 못하는 것.

건물 4
—아파트

주상 복합 임대 분양
아파트 신축 단지 조성 사진은
선인장 가시같이 세워진 건물

이웃집엔 관심 없는 얼굴만 있고
엘리베이터 안에서 만나기도
경계를 하는 경비원의 표정

수대로 가진 휴대폰은
밥상 둘러앉은 대화를 뺏어
마음마저 철문으로 굳게 닫혀

초가지붕 위에 오르는 연기
항아리마다 가득한 장독대에
웃음 가득 피어 행복한
가족들의 사랑의 둥지들이었을까

간편한 주거 공간 높아진 기둥은
독을 품은 가시처럼 세워져 있었다.

건물 5
―법원

머리 위로 새들이 날아가고
바람이 스치고 구름이 지나면
고운 것 미운 것 가지고도
사람을 미워하지 않는 마음
지은 죄가 미워질 때
진리는 죄질에 대한
심판을 하며 죄인이라 잡아둔다
죄악이 바람같이 지나도
붙잡아 집을 짓는 것이
일순간에 갇혀버린 건물
마음으로 짓는 죄
생각으로 짓는 죄
머리 위 새가 되어 날아간다
정죄대 지붕에는 새들이 앉아 있고
감옥소 안에 진실을 가두었다.

건물 6

복 더위 피하여
해변에 백만이 모이고도
광장앞 시위대가 백만이나
벚꽃놀이 단풍놀이 축제에도
소문난 무대에도 백만이 모였다

거리에나 지하철에는
오고 가는 총총 발걸음은
가르침 받으러 만나러 가는데

빠르다는 e─세상에
신문이나 TV를 외면한 채
사람들은 기다려 주지 않는다

귀한 사람 찾아왔다고
수천수만 모였는데
뛰는 발자국 소리도 없이 조용한
그저 약속하는 사람들은 기다린다

미련한 사람을 반갑게 만나주는
피서 · 축제, 온 세상의 무대를
책꽂이에서 뽑아 들었다.

건물 7
—종탑

뾰쪽한 지붕을 세우고
돌을 높이 쌓은 곳에
공들이는 마음을 세운다

독경 읽어가는 말씀 따라
마음을 비워
하늘 높은 탑으로 세운다

천지신명 뜻을 받들어
나쁜 마음을 드러내고
좋은 마음을 촉촉하게 받는다

탑에 매달린 종을 쳐대듯
아픈 만큼 울려 퍼지는 소리
간절히 두 손 모우는 마음
가슴을 열어 높은 탑으로 세운다.

깜박이

길 가다가
오른쪽 신호 깜박
왼쪽 신호 깜박
이쪽으로 저쪽으로
잘 따라갈 수 있다가

긴박하고 위급함을
번쩍번쩍 경광등을 켜고
기다리고 있었다면

주린 배 채우려는
위장에서 꼬르륵 신호는
밥집 깜박이만 보고

따라오라던 오른쪽
다른 길로 간다던 왼쪽
그 눈빛이 깜박거리는
잘 먹고 잘 산다는
자동차 방향등이 아니다.

집도실

대기실로 모여 있다는 오색 과일가게 앞에
어느 것으로나 살아 있는 군입거리

방금 물에서 건져 나온 물고기 마냥 뻐끔뻐끔
헐떡이는 숨은 쉬고 있는데 펄떡거리지 않고

아이고! 아파하는 상처 깊은 부상자는 밀쳐놓고
성한 것을 골라 검사를 한다

맥을 짚어 눌러보고 호흡까지 코에 대고
확인하며 수술대에 올려놓고 날이 무딘 칼을
들이대며 자르고 벗겨 성형수술을 한다

칼자국을 들어낸 목숨들이 깨어나기도 전
응급 수술실에서 웃는 소리가 요란하다

펜을 붙잡고 집도하는 시인들은 병들은 영혼을
위하여 수술실에서 소리 없이 울고 있었다.

유전자(Deoxyribonucleic Acid)

알고 보니 게놈*이었네. 65조 세포 속 꼬인 사다리에 속일 수 없는 정보를 가지고 배반하여 도망치는 DNA*가 쉽게 변한 사랑이 일찍 병든 가슴이 돌연변이(突然變異)가 된 내 몸속에 게놈이었더냐. 온전한 유전자 너마저 좋은 생각하나 잘못되어 죽고 사는 것조차 천지의 뜻이 유전자였다면 게놈 하나 변한다고 65조 세포가 흔들릴 만큼 쉬지 않는 DNA 진행형.

* 게놈[genome]: 생물이 가지고 있는 모든 정보의 유전체. 일부 바이러스의 RNA(Ribonucleicacid)를 제외하고 일반적으로 DNA로 구성된 유전 정보를 말한다. 인간의 23쌍 염색체에 인간 게놈의 염기 숫자는 약 30억 7천만 개, 유전자는 약 2만 5천~3만 2천 개로 밝혀졌다. 염색체는 22쌍의 상염색체와 1쌍의 성염색체(남자인 경우XY, 여자인 경우XX)로 이루어지므로 모두 46개의 염색체로 구성된다. 여기서 22개의 상염색체와 1개의 성염색체를 합한 23개의 염색체가 한 세트를 이루어 게놈을 형성한다.

* DNA[deoxyribonucleicacid]: 핵산의 일종으로 유전자의 본체이다. DNA는 거의 모든 생물의 유전물질로 세포핵 속에 들어 있는 염색체에 당, 인산 및 염기라는 3종류의 화학물질로 이루어져 선상배열을 하고 있는데, DNA에는 adenine(아데닌A), guanine(구아닌G), cytosine(시토신C), thymine(티민T)이라는 4개의 서로 다른 염기들이 존재한다. DNA의 분자구조는 2중나선(二重螺旋:double helix) 사슬 두 가닥이 새끼줄처럼 꼬여 있다. 마치 사다리를 비틀어서 꼬아놓은 것과 같은 A, G, C, T는 4종의 염기를 표시하고, A는 반드시 T와, 그리고 G는 반드시 C와 짝지은 두 가닥이 일정한 간격을 가지고, 2중나선 구조를 A-T, G-C의 짝짓기 법칙에 의해 nucleotide가 하나씩 붙어 나가게 된다. 참고로 nucleicacid에는 DNA와 RNA(Ribonucleicacid)가 있다.(nucleotide를 붙일 수 있는 에너지는 3개의 인산기 중에서 2개가 떨어지면서 생기는 에너지를 위해 polymerization되어 생기는 물질을 nucleicacid라고 한다.) 2중나선 구조에서 나선의 지름은 2nm이며, 한 바퀴 수직 길이는 3.4nm(1nm=1×10-m)이고 뉴클레오티드 10개가 나선 한 바퀴를 형성한다.

주름살

하늘이 땅보다 더 늙었고
태양이 지구보다 더 늙었다 해도
이 몸이 더 늙어버렸을까
가진 마음이 더 늙어버렸을까

둘러보니 사람들이 다 늙어간다
태양보다 하늘보다
아직도 젊은 청춘이라 우겼지만
이 몸은 주름살로 늙어가는구나

단맛이 꿀단지처럼 박힌
젊음이 익었다는 행복한 날들
지구와 태양은 아직도
사춘기라 싱싱하구나.

그림자 1

지친 듯이 서산으로 걸터앉아
바랜 빛마저 식어 가는데
그 모습이 길쭉하게 늘어져

긴 세월 거둔 허물 덩어리
종일토록 오랜 시간 달구어
살아 있는 나이로 헤아려 보고

스스로 잘할 수 있었던 일보다
하지 못할 일들이 목메인
지워지지 않는 그림자
그 모습이 내 모습이던가.

그림자 2

나는 너였고
너는 나였다

몸도 마음도
뜻대로 모양대로
우리는 하나다
신(神)이었다.

바닷가에서

수평선으로 끝없이 닿아
그 사이에 내가 있음을
만물 중에 티끌 하나

희망의 꿈 같은 파도가 밀려
삶이 고랑진 사이에
주름살로 펴진

물속 보이지 않은 고기 떼가
죄 많은 허물인 양
비늘조각 하나
떨어뜨리지 못하고

웃음은 증발되어 아니 없고
슬픔은 앙금 되어
세상 허물은 푸르기만 할까.

흥정

모양대로 값이 있다면
미움도 귀하면 비싸고
사랑도 흔하면 싸구려
속마다 사랑은 불덩이 같아
미움도 단맛 나도록 잘 익어
정한 값 없는 마음의 거래는
믿을 수 없는 거짓이라고

소중한 사랑이 실속 없어
마음도 없는 위선이고
가치 없는 말 뿐인 거짓이라며
미움만 못하다고 거래가 안 된다
미움이 포용하면 진실이 되지만
사랑이 증오하면 잔악한 마음이고
미움이 변하면 양심이 되지만
사랑이 변하면 복수의 앙갚음

사람이 미워서 돌아서며
세상이 미워서 입 다물어도
때로는 흥정을 한다
목숨만 소중이 아는 진실은
차라리 미움으로 간직하고 싶다고.

백화점에서

부자들이 좋아하는
백화점에 명품 구경을 한다
점원들은 가난한 나를
비켜서서 멀리서 구경한다

내가 찾고 원하는
명품 중에 진품 진실은
아직 구경도 못했다만
어디에도 보이질 않는다

백화점도 점원도
값 비싼 진품 같이 꾸며서
눈귀에 소란스러운
생명 없는 물건일 뿐

나를 바라보는 썩은 미소가
명품 많은 백화점에
포장지만 화려한 사람들이
명품 같아 명품이다.

5부

농사꾼 1
—탐관오리(貪官汚吏)

씨 뿌리고 가꾸는
농군 천하의 농군아
여름 한철 호강시키듯
가을 한철 여물게 되니
낫자루 휘둘러 영웅이라 하는구나

부질없는 목숨들이
한철로 만족하다만
가라지 길러 가꾼 뜻은
때를 만난 농군 솜씨
거두는 힘이라고 천하를 다스린다

옥토에 좋은 주인이라 믿고
뿌리내려 떠날 줄 몰라
굳은 충성 곧은 절개 지켰다만
통통 여문 들판 바라보며
배부르다 웃고 있는 천하의 농군아!

농사꾼 2
―청백리

하늘 보며 땅을 갈아
바람을 잡아매는 농군
절기 따라 씨 뿌리고 가꾸어
마음만 가득해도 배부른
쟁기질 깊이 따라
하늘만 바라보는 농군아

비가 오면 지붕이 새고
황소 바람벽에 무명적삼도
목구멍에 풀칠만 하여도
거름 주고 잡초 뽑는
밤낮 헤아리는 천하의 농군아

옥토에 진땀으로 지켜 서서
뿌리내려 가지치고 새끼 쳐
벌레잡고 바람 잡아 지킨 보람
톡톡 여문 황금들판 바라보며
백성들이 배부르다 웃어주는
천하를 닮은 농군아.

색동저고리

장대비로 퍼붓고 떠난 자리에
산마루로 걸쳐 있는 무지개

우리 어머님이 시집올 때
저 무지개를 걷어다가
팔뚝에 걸쳐버린 색동저고리

날 낳아 기르며
무지개로 바라보는 어머님이
눈물이 소나기보다 억세게
쏟아지던 날

무지개 색동저고리가
어머니 팔소매에
희미하게 드리워져 있었다.

아버지날

아버지가 있어도
부르는 소리 없고

아들이 있어도
대답이 없네

아버지날에
아들 찾는 미아 신고나

아버지 찾는 실종 신고
하지 않는 조용한 날

하늘 아래서
잃어버린 씨앗들이
내동댕이쳐 있던 날.

어머님의 편지

　품안 떠난 자식들 행여 반가운 소식 있나 애타게 기다리다
어쩌다 편지 한 장 오면 보고 또 보고 하시며 답장을 하는
어머님의 필체는 지렁이 같이 살아 꿈틀댄다.
　글 깨우쳤다는 자식들은 못 배운 어머니를 탓하니 어머니
는 지렁이에 주눅 들어 전화를 들여놓고 귀를 세우며 멀리
떠나지 않는다.
　어머니의 필체가 그리워 어머니! "전화 하지 말고 편지 보
내 주세요"
　편지는 영어로 "엠.에이.아이.엘" 메일이어요
　"오냐! 엠.에이.아이.엘"이 "에미를 생각한다고!"
　가슴으로 통하는 통역인가 "매일 매일 끼리고 애가 탄다
이놈아!" 어머니 편지는 'Mother all—dayis love' (Mail) 종
이에서 살아 꿈틀거리는 지렁이를 이렇게 잡아둔
　'에미는 날마다 사랑한다' 고 마음을 못 다 전한다는 어머
니의 편지는 메일 매일 있었다.

어머니의 숨소리

옹기 물동이 머리에 이고
우물길을 걸어오시는 얼굴에는
물이 출렁거려 넘친 물방울이
눈물처럼 흐르는데

한눈팔지 않는 걸음걸음은
험한 길 숱한 세월을 따라
물이 가득 담긴 그릇 같은
자식들이 물동이가 되었던 것

밤낮 숨소리조차 숨죽이는
몰입의 정신 집중이 가슴팍에서
어머니의 숨소리는
우주의 호흡으로 아끼지 않고

어머니는 언제나
사랑의 호흡이 잔잔한
강물이라도 머리에 이고
출렁거리는 하늘을 길어 채워
목마른 자식들이 커가는
어머니의 숨소리를 들어마신다.

바람 빠진 공

팽팽한 공이 펑펑 튀는데
맥 빠진 공은
물렁물렁하여 구르기만 한다
튀지 않는 공을 차버려도
멀리 나가지 않고
데굴데굴 구르기만 한다
젊은 시절은 팽팽하더니
나이 들어 물렁물렁하여
구르는 재주도 힘이 없다
시합이 끝난 경기장에
뜨거운 응원의 함성도 젊음도
바람 빠진 공으로 구르고 있다
튀는 공놀이로 해 저문 줄 모르던
팽팽한 젊음들이 불길이었나
바람 빠진 공을 가진
어머니 젖가슴은 물렁물렁하다
어머니는 자식들의 공놀이만 본다.

뒷모습

아름다운 뒷모습을 보며
따라가는 모습이
떠날 때 지켰던 마음

사람들은 앞모습만 보이려
웃고 있었던 표정은
무언가 감추어진 그늘이면

차라리 옆모습을 보고
나란히 발맞추어
따라가는 것이 더 좋을까

누가 뒷모습을 보고 있나
그 모습이 무엇이었을까
보라 뒷모습이 말하는 것을

날이 밝으면
산천초목으로 가득한
앞서 가는 뒷모습을 보러 여행을 한다.

저 모습

뼛속까지 구멍 나고
가슴마저 텅 비어
홀로 구르는 공들이
바람을 넣고 있다

산소 호흡기 코에 끼고
황소바람으로 넣어도
숨 가쁜 펌프질이
절름거리는 걸음

품안으로 아끼던 사랑마저
구석으로 떠밀려
남의 손 빌려 의지하여
바람 가득한 하늘만 본다

텅 비어 가는 마음
코앞에 펄떡이는
바람이 길이를 재고 있을까!

흔적

둘러보면 오르지 못할 산이 없는
만년설 쌓인 높은 봉우리에
발자국을 남겼다
저 산봉우리 향하여
오르는 사람
내려오는 사람들이
위태롭고 가파른 곳을
피 땀으로 칠하고 그려낸
멧부리에 오른 정복은
두 팔을 들어 이겼노라
정복하였노라 하였다
산은 말한다. "정복은 없다"
산에 오른 것일 뿐이다
정복은 내려가지 않고
영원히 지키는 것
지키지 못하여 내려와
정복의 흔적만을 지키다가
돌아가 쉬었다 가는 것.

가려움증

가려운 곳 긁어도
소리 없는 몸뚱이
속 비어 있지 않아서일까

살 속까지 가려운데
긁어대면 소리나는
바이올린이라면
아무 때나 가려워도
함부로 긁어댈 수 있었을까

맨살이 가려워 긁었더니
손톱자국만 벌겋고
하얗게 일어난 비듬은
지는 꽃잎으로 떨어진다.

알래스카의 봄

기러기 돌아오듯
꽃대 올라서며
여린 이파리보다 꽃이 먼저라 피어나고

동풍 불러 강물을 풀어서
연어 떼 모천으로 찾아들면
기러기마저 급하게도 알을 품어댄다

어둠 속 긴긴 겨울 헤맨
허기진 발걸음이 질질대던
앙상한 뼈 가죽 황소 사슴은
햇빛 앉은자리 찾아 뜯으며
얼룩덜룩 털갈이를 하고 나면

시린 태양은 만년설에 빛 부서
한눈팔다 갈 길 잃어
서산이 멀기만 하여라.

* 이방인들이 말하는 동토의 땅, 알래스카 겨울은 풀 죽은 해마저 짧아 밤의 길이만큼 봄이 오는 것조차 능그적 능그적 기어서 온다. 그래도 강추위 모진 칼바람을 이겨낸 황소 사슴들이 황소 같은 봄바람(동풍)을 몰고 훤하게 트인 강물을 녹여서 온다. 살갗이 따가운 햇볕이 놀다간 자리마다 꽃대 올라서서 반기고 철새들은 짝을 찾아 둥지를 튼다. 알래스카 사 계절의 고마움은 환경이 파괴되지 않은 자연을 따르며 순종하는 욕심 없는 가난한 시인이 되어간다.

백야(白夜—Midnight Sun)

에스키모 주술(呪術) 걸린 태양은
빙글빙글 돌다가 제자리를 떠날 줄 몰라

망령들은 야밤이 밝아
땡볕에 익어 웃자라는
초목들의 축제놀이에

물정 모른 이방인은
낮잠 자다 선잠으로 깨어
밤낮을 분간 못하고

에스키모 사슴몰이 연어잡이 신명나면
들꽃들은 제 정신없이 응원하듯 피어난다.

　*백야 : 백야현상은 북반구(극)와 남반구(극) 모두에서 생깁니다. 백야현상이 나타나는 곳은 북위 66도 33분 38초보다 북쪽, 그리고 남위 66도 33분 38초보다 남쪽 지역입니다. 이 지역에서는 6개월은 낮이(백야) 계속되고 6개월은 밤이 계속되는 현상(흑야)이 반복적으로 일어납니다. 백야현상은 지구의 자전축이 공전 궤도면에 대해 23.5도 기울어져 있기 때문에 일어납니다. 위도 대략 48도 이상인 고위도 지방에서는 한여름에 태양이 지평선 아래 18도 이하로 내려가지 않기 때문에 생긴다. 태양의 적위는 동지 또는 하지 때 최고 23.5도에 이르므로 위도 48도 이하 지역에서는 백야현상을 볼 수 없다. 백야현상은 북극 지방에서는 하지 무렵에, 남극 지방에서는 동지 무렵에 일어나며, 가장 긴 곳은 6개월이나 계속된다. 극권 안쪽으로는 24시간 이상 낮이 지속되는데, 특히 극점에서는 낮이 185박 186일 동안 지속된다. 반대로 겨울에 극권 안쪽으로는 24시간 이상 해가 뜨지 않는 기간이 있는데, 이 현상을 극야(極夜; polar nights without the midnightsun) 또는 흑야(黑夜)라고 부른다.

독침

아끼던 사람이
분노를 감추며 숨길 때
두려워 떨며 달아나지만

사랑으로
지켜보던 마음마저
증오를 품은 미친 짓이 되면

바람도 독을 품어 폭풍이란
독침으로 쏘아대니
피할 길 없이
넘어지고 쓰러져 버린다

사랑도 불에 타면 맹독이 되어
원한 서린 가슴은
벌떼 같은 독침일까
폭풍이라 말하리까.

그대를 보내며

하늘에 박아 두는 눈동자
무얼 찾아 두리번 더듬고
구름 속에 품은 수정 방울은
어디로 흘러내리고 있을까

그대 떠나는 길목에
불타던 사랑 묶어 보내면
실어증이 걸린 바람은
속절없이 밀려오는데

무슨 말로 붙잡아야 하나
손을 흔들어 사랑한다던
마음까지 흔들리던
놓아버린 사랑은 빈껍데기로 남았다.

텅 빈자리

정처 없이 떠가는 구름이었나
어쩌다가 만나서 손을 잡고
한평생 같은 길로 다니다가
어쩌다가 따라잡지 못하고
손을 놓고 말았지
떠나야 한다고 약속 없는
가슴 아프게 헤어진 그리움은
아~ 아
저 하늘에 맴도는 구름이었나

하염없이 바라보는 창밖이었나
어쩌다가 마주친 눈빛으로
한 몸 되어 같은 길을 따르다가
어쩌다가 떠나는 당신은
먼저라야 합니까
가고 없는 빈자리 가득한
가슴으로 흐르는 빗속을
아~ 아
저 하늘에 망울진 눈물이었나.

아픈 세월

그 세월이 아팠다고
뒤따르던 흑발이
앞서가는 백발이더냐

마음은 늙지 않았는데
육신이 늙어가는 것이
청춘이 아파서
오는 세월도 백발이더냐

허연 마음
허연 눈부심은
아직 늦지 않았으니

어쩔 것이냐! 길은 멀어도
스스로 속이지 말고
억세게 고집 부리지 않고
아픈 세월로 따라가리라.

사랑이 아플 때

소중한 만남이 갈라지더니
그 사람이 모르는 진실이 아파
응급실로 실려간 중환자실

이별의 아픔은 눈물이 아니고
심장이 터져버린 출혈은
사랑을 잃었던 싸늘한 체온

사랑에 병든 약은 사랑이지만
산소 호흡기가 매달려 있고
계기판의 희망 생명은 깜박깜박

깊은 잠 저승에서 느끼는 진실
손목을 꼬옥 잡은 뜨거운 체온과
심장이 녹아떨어지는 사랑의 눈물

당신을 보내고 이렇게 힘들었어!

사랑병원에 누워 있는 중환자가
기적같이 일어나는 특효약을?
가졌다는 너뿐이었다.

새해 아침 1

어둠에서 깨어
무겁던 지난날을
다 버리고

아직도
덜 깬 새벽잠 잊고
마중 나와

불타는 태양을 안아
높이 솟아오른
새해 아침 새날이여

드높게 깨어
찬란한 빛으로
힘찬 행진곡으로

꿈 가득한 대지 위에
기쁜 희망을 가꾸는
새해 새 아침을
밝은 빛으로 맞으리.

새해 아침 2

첫 새벽으로 바라는 소망은
열리는 하늘로 밝아옵니다
일어서는 마음으로 깨어납니다

기쁘게 찾아온 새날을 맞아
새로운 희망은
힘찬 걸음으로 출발합니다

눈앞에 버티고 있는
높은 산을 넘어
눈앞에 가로막은
깊은 강을 건너

지치지 않고
기다리지 않고
솟는 땀을 아낌없이
끝까지 달려가는
당찬 새 아침입니다.

남루한 영혼에 청결과 역동적 힘을 주는 시

유한근
(문학평론가 · 디지털서울문화예술대학교 교수)

가장 한국적인 시인

서용덕 시인은 모국권 밖의 사람이다. 그러면서도 모국어 안에서 살아가는 시인이다. 알래스카에서 고향을 그리워하며 자신의 시세계를 구축하는 고독한 시인이다. 그래서 그러한지 그에게서는 한국의 여타 시인에서 발견할 수 있는 냄새나 색깔이 없다. 모국 시의 모방이 없다. 자기만의 독자적인 세계를 꿈꾸고 있다. 자신의 삶에서 개성적인 세계를 끌어내는 특별한 시인이다.

이 시집의 〈서문〉에서 그는 코올리지의 말을 떠올린다. "시인 새뮤얼 코올리지는 '그림은 소리 없는 시이며, 시는 소리 있는 그림이다.' 하여 '화가는 말이 필요 없어서 그림을 그리고, 시인은 말을 아끼기 때문에 詩를 쓴다.' 하여 詩가 곧 말이라서 그런가. 했더니 그게 아니다. 세상 보는 법이 달라졌기 때문일 것이다. 그것이 곧 깊은 생각이며 내면의 싸움이었다."는 토로가 그것이다.

'시인은 말을 아끼기 때문에 詩를 쓴다.' 와 '세상 보는 법이 달라졌기 때문일 것', 그리고 '내면의 싸움' 이라는 말에 우리는 주목하게 된다. '시는 소리 있는 그림' 이라는 코올리지의 말을 다른 각도에서 보면 시는 그림인데, 소리가 있는 혹은 말이 있는 그림이며, 그 그림은 곧 이미지를 의미하는 것이다. 언어로 그림 그리듯이 그리는 이미지, 그것을 중시하는 것이 시(詩)라는 정의와 다르지 않다. 그것을 서용덕 시인은 '절제된 말' '다른 시각으로 보는 세상' 그리고 '내면의 싸움' 또는 내면 깊숙이 자리하고 있는 은밀한 그림으로 이해하고 있는 것이다.

그렇다. 시는 은밀한 내면의 그 무엇을 절제된 언어와 새로운 시각으로 그려내는 세상이다. 그래서 그는 같은 글에서 시인 자신은 "외로움을 삭이는데 익숙해졌다고 할까, 대자연이나 사물에 친해졌다는 것인가, 아무튼 혼자 있으면 홀가분하게 편안해진다."고 토로하고 있는지도 모른다. 그렇다면 그가 그려내려는 내면 깊숙이 또아리를 틀고 있는 '그 무엇' 은 무엇인가?

나는 서용덕 시인의 첫 번째 시집의 해설에서 이렇게 말했다.

그는 분명 '영혼의 소리꾼'이기를 원한다. 자신의 영혼을 탐색하여 한국적인 정서를 끌어내려는 '한국적인 서정시인'이다. 김소월이나 박목월 시인 같은 서정시인이 아니라, 코올리지의 이미지를 간과하지 않는 서정시인이다. 내면의 한국적인 정서 뿐만 아니라 내면의 신비한 세계를 탐색하는 시인이다. 한국적인 인식과 영혼을 가진 시인이다.

하늘일까
구름일까
바람일까

생각일까!
소리일까!
느낌일까!

보이면서 안 보이고
있다가도 없고
비어 있으면서 가득 차고
나갔다가 다시 찾아오는

눈 뜨면 하늘에서
눈 감으면 가슴에서
뼈가 있는데도 뼈가 없고
죽어 있었는데 살아나 있다.

—〈마음 2〉 전문

위의 시에서처럼 '보이면서 안 보이고/있다가도 없고/비어 있으면서 가득 차고/나갔다가 다시 찾아오는' 마음을 가진 한국 시인이다. 의미를 확대해서 이해하면, 색즉시공 공즉시색(色卽是空 空卽是色)의 세계, 있는 것이 없는 것이고, 없는 것이 있는 것이라는 의식을 가진 시인이다. 비어 있는 것이 꽉 찬 것이며, 꽉 찬 것이 비어 있는 것이라는 동양적 의식을 갖고 있는 시인이다. 이 시의 마지막 부분처럼 '뼈가 있는데도 뼈가 없고/죽어 있었는데 살아나 있다'는 의식을 지닌 시인이다. 서양의 어느 시인이 이러한 의식을 갖고 있을까? 미국의 알래스카에 거주하는 시인이 이러한 의식을 지니고 있다면 그들도 놀랄 것이다. '하늘, 구름, 바람'이 '생각, 소리, 느낌'이라고 노래하는 시인이 미국 땅에 어디 있을까?

멀리 보이는 것도
자세히 보이는 것이
그리움이고 사랑이다

가슴으로 보이는 것
눈 감아도 보이는 것

안팎으로
멀리 보이고
가까이 보이는

희미한 물체를
확대경으로 들여다보듯
기다림은
마음으로 보는 시력이었다.

—〈시력〉 전문

위의 시처럼 '그리움'과 '사랑'을 멀리 보이는 것, 자세히 보이는 것. 가슴과 눈 감아야 보는 것으로 인식하는 시. 이 시를 한국적인 시인 아니면 누가 쓸 수 있을까? 멀고 가까운 것을 동일한 것으로 인식하면, 기다림을 마음으로 보는 '시력'으로 인식하는 시인. 그 시인이 서용덕 시인이다. 이 경지는 동양적인 탁월한 인식 없이는 깨달을 수 없는 경지이다.

현실 인식과 초월 의지

시는 비언어적인 마음을 바탕에서 해서 시작된다. 사물이나 사상(事象)은 언어 이전의 것이며 비언어적인 것, 즉 침묵 속에서 드러난다. 시의 마음은 비언어화의 심적 공간에서 이루어진다. 마음을 비우는 정화 상태는 언표(言表)의 과정 또는 언어화 과정을 거친 후 얻게 된다. 언어화를 통한 침묵의 깨우침, 언어화 과정을 통한 비언어화 상태에서의 심적인 깨달음의 결과로 시가 나온다. 우리가 하나의 대상 혹은 하나의 관념 즉 위의 시에서처럼 그리움과 사랑과 같은 것도 언어화를 통해서, 또는 시로 형상화하는 과정에서 그 본체를 깨닫게 된다. '기다림을 마음으로 보는 시력'을 갖게 되는 것도 그 과정 속에서 이루어진다. 이를 위해 시인은 명상하고 마음을 꿰뚫어 보는 훈련을 하게 된다.

하늘보다 드높은
품은 뜻이 넓다든가
티끌만한 믿음이라도 가졌던가

바다보다 넓어
텅 빈 가슴으로 망망한가
베푸는 사랑이 크다던가

높고 넓은 천지에
마음과 가슴은
티끌에 불과하다만

부족한 믿음과 사랑을
가득 채워주는 바다와 하늘같이
은혜로 주시는 것은
어디에 있을까?

— 〈어디에 있을까〉 전문

이 시처럼 높은 하늘, 넓은 바다가 믿음과 사랑, 그리고 은혜보다 티끌에 불과하다는 인식은 종교적인 힘, 혹은 초월적인 안목 없이는 가능하지 않은 일이다. 여기에서 이 시를 신앙 고백적인 시로 설명할 수는 있겠지만, 그럴 경우 종교적인 시로 떨어질 수 있기 때문에, 나는 이 시를 시인의 초월적인 인식에서 오는 것으로 이해하고자 한다. 시인은 초

월적이고 신비적이다. 세상의 온갖 것에 묻혀서 사는 시인
이지만, 시인은 그것으로부터 일탈하여 하나의 세계를 창
조하려는 마음을 가지고 있기 때문이다. 예컨대, 사람이 떠
나서는 살 수 없는 이 땅의 표상물인 '건물'에 대해서 서용
덕 시인은 연작시로 새로운 세계를 구축하고 있다.

연작시 〈건물〉은 부제 '병원'으로 시작된다. 그리고 '학
교, 백화점, 아파트, 법원, 도서관, 종탑'으로 끝난다. 이 모
든 글감이 우리가 살아가는 세상의 표상물들이다.

이 나라에 대들보요 집안에 기둥이며
평생 배부른 그릇 만들려
세상일 모르면 어렵고 알면 쉬운 것이라
쉬운 길이 어려운 것은
세상 등용문이 높기 때문에
뛰어야 오를 수 있고
가진 학과 뛰어넘는 높은 벽을
누구도 날 대신하여 뛰어넘어 주지 않아
인생은 스스로 만들어 가는 탑이며
뛰어 넘어야 할 벽.

―〈건물 2―학교〉에서

시인은 이 시에서 누구도 대신하여 넘어주지 않는 학교.
스스로 인생에서 만들어 가야 하는 탑이며, 넘어야 할 벽으

로 학교를 인식한다. 초월해야 할 벽으로 인식한다.

> 가진 것 없는 사람마저
> 강한 것에 중독되어
> 진열장의 명품으로
> 새 것만 좋아하는 사람과
> 마음 하나 바꾸지 못하는 것.

—〈건물 3─백화점〉에서

인간들이 진열장의 명품에 중독되어, 마음 하나 바꾸지 못하는 건물로 시인은 백화점을 인식한다. 마음 바꾸기를 위해 초월해야 하는 것을 건물로 표상하고 있다.

> 간편한 주거 공간 높아진 기둥은
> 독을 품은 가시처럼 세워져 있었다.

—〈건물 4─아파트〉에서

독을 품은 가시처럼 기둥으로 세워진 아파트. 그 속에 갇혀 사는 인간 군상으로 시인은 건물을 인식한다. 시인은 편안해야 할 아파트를 독 가시로부터 자유로워야 할 초월의 대상으로 바라본다.

> 죄악이 바람같이 지나도
> 붙잡아 집을 짓는 것이

> 일순간에 갇혀버린 건물
> 마음으로 짓는 죄
> 생각으로 짓는 죄
> 머리 위 새가 되어 날아간다
>
> ―〈건물 5―법원〉에서

위의 시에서, 시인은 마음과 생각으로 짓는 죄로 갇힌 건물로 법원을 인식한다. 마음과 생각의 자유를 초월의 대상으로 법원을 인식한다.

이러한 모든 건물을, 시인은 아래의 시에서 그 초월의 기미를 찾는다.

> 탑에 매달린 종을 쳐대듯
> 아픈 만큼 울려 퍼지는 소리
> 간절히 두 손 모우는 마음
> 가슴을 열어 높은 탑으로 세운다.
>
> ―〈건물 7―종탑〉에서

종탑의 종소리를 '아픈 만큼 울려 퍼지는 소리/간절히 두 손 모우는 마음' 으로 인식하고, 이를 위해 종탑을 높이 세워야 한다고 기도하며 노래한다. 하늘을 향해 초월의 의지를 높게 세워야 함을 인식하고 있는 시이다. 초월은 현실을 뼈저리게 인식하는 속에서 그 의지가 생긴다. 현실을 직관

하고, 그 본체로 가까이 가지 않으면 그 방법을 사고해 낼수 없다. 시의 가치는 여기에 있다. 현실의 인식 과정이 언어화 과정에서 나오며, 그 과정을 통해서 초월의 의지가 하나의 세계로 구축되기 때문이다. 그 세계가 종교관에 의해서 형성될 수도 있고, 거기에 시의 형상화 과정을 통해서 구축된 의미 공간이 덧붙어 뒷받침해 주기 때문이다.

고향 회귀와 시인의 발칙한 힘

이 시집 『떠나도 지키리』에서도 시인은 고향을 그리워한다. 그리고 고향을 떠나온 자신의 존재를 인식하고 홀로서기를 다짐한다. 어떤 측면에서 보면 고향, 모국을 떠난 시인의 시심(詩心)은 고향에 대한 회귀 의식이 밑바탕에 깔려 있음을 부인할 수 없을 것이다. 그것이 원천이 되어 샘물 솟듯이 시로 형상화됨은 물론이다.

정든 곳 떠난 지 오래 되어도
늘상 떠나지 않은 고향은
철따라 논밭 누비며
뿌린 땀이 삭지 않은 것이
억세게 자란 씨앗으로 붙들고
지금 내 몸 편한 것 게딱지 졌어도
고급문화 생활을 모르며
소박한 풍물에 만족할 줄 알고

여린 마음조차 아름다운 것은

흔들리는 호롱불도 밝아서

책 보다가 가려우면 이(蝨)를 잡다가

구멍 난 문풍지 바람에 춥다고

이불 속에 파묻혀 골아떨어진 잠

아침이면 상쾌한 바람으로 살찐

그을린 얼굴이 팽팽하던 젊음이

밤이 대낮 같이 밝아 있어도

어둠 속에 파묻혀 잠들어 가는

여문 씨앗으로 갔다가

떨어진 씨앗으로 찾아오는 고향.

—〈떨어진 씨앗〉 전문

이 시 〈떨어진 씨앗〉은 서용덕 시인의 존재 인식을 '씨앗' 으로 표상하고 있는 시이다. 고향에 대한 그리움으로 끝나는 시가 아니라, 시인 자신의 존재를 '어둠 속에 파묻혀 잠들어 가는/여문 씨앗' 혹은 '떨어진 씨앗으로 고향 찾아가는 씨앗' 으로 인식하고 있는 시이다. 시 〈홀로서기〉에서처럼 '허허벌판' 에서 '떠나는 것이/찾아가는 것이라고/마음이 모' 으고 '가진 세월만큼 자라난/뿌리 없는 사랑을/소용없음 이제 알고//한 알로 심어지는 씨앗' 으로 '생 살점 도려내어/새로이 뿌리내릴/홀로 떠나는 길이었' 음을 (시 〈홀로서기〉에서) 인식하며 홀로서기를 다짐하는 존재임을 깨닫는다.

지친 듯이 서산으로 걸터앉아
바랜 빛마저 식어 가는데
그 모습이 길쭉하게 늘어져

긴 세월 거둔 허물 덩어리
종일토록 오랜 시간 달구어
살아 있는 나이로 헤아려 보고

스스로 잘할 수 있었던 일보다
하지 못할 일들이 목메인
지워지지 않는 그림자
그 모습이 내 모습이던가.

─〈그림자 1〉 전문

〈그림자 1〉에서 자신의 모습을 되돌아본다. 그리고 한편으로는, '나는 너였고/너는 나였다//몸도 마음도/뜻대로 모양대로/우리는 하나다/신(神)이였' 음도, (시 〈그림자 2〉에서) 깨닫는다.

하지만, 서용덕 시인은 시 〈바람 빠진 공〉에서 '바람 빠진 공을 가진/어머니 젖가슴은 물렁물렁하다/어머니는 자식들의 공놀이만 본다' 에서 남루하지만 고향과도 같은 어머니를 그리워한다.

옹기 물동이 머리에 이고

우물길을 걸어오시는 얼굴에는
물이 출렁거려 넘친 물방울이
눈물처럼 흐르는데

한눈팔지 않는 걸음걸음은
험한 길 숱한 세월을 따라
물이 가득 담긴 그릇 같은
자식들이 물동이가 되었던 것

밤낮 숨소리조차 숨죽이는
몰입의 정신 집중이 가슴팍에서
어머니의 숨소리는
우주의 호흡으로 아끼지 않고

어머니는 언제나
사랑의 호흡이 잔잔한
강물이라도 머리에 이고
출렁거리는 하늘을 길어 채워
목마른 자식들이 커가는
어머니의 숨소리를 들어마신다.

─〈어머니의 숨소리〉 전문

어머니는 고향이다. 어머니의 숨소리는 사랑의 호흡이며, 고향의 숨소리이다. 기존의 시가 어머니를 촉각으로, 시각적 이미지로 그리고 있지만, 서용덕 시인은 어머니를 후각

과 청각적 이미지로 그린다. 어머니의 호흡은 우주의 호흡
이며, 자연의 호흡임을, 그리워하는 마음을 대신하여 감각
적으로 표현하고 있는 점이 이 시를 간과하지 못하게 한다.

기러기 돌아오듯
꽃대 올라서며
여린 이파리보다 꽃이 먼저라 피어나고

동풍 불러 강물을 풀어서
연어 떼 모천으로 찾아들면
기러기마저 급하게도 알을 품어댄다

어둠 속 긴긴 겨울 헤맨
허기진 발걸음이 질질대던
앙상한 뼈 가죽 황소 사슴은
햇빛 앉은자리 찾아 뜯으며
얼룩덜룩 털갈이를 하고 나면

시린 태양은 만년설에 빛 부셔
한눈팔다 갈 길 잃어
서산이 멀기만 하여라.

―〈알래스카의 봄〉 전문

알래스카의 봄이 가슴속에 그려지는 감각적인 시이다. 알
래스카는 시인이 사는 현실적인 체험의 공간이다. 이 공간

에서 그는 '모천' 과 '서산' 이라는 시어로 고향을 떠올린다. 이국적인 풍경과 정취 속에서 시인은 원체험 공간인 고향을 그리워한다. 그리고 그리움을 절창으로 노래한다. 분명 그는 천상 서정시인일 수밖에 없는 감성을 지니고 있어서 〈그림자 1〉과 〈텅 빈자리〉 등 일련의 시로 독자를 감동케 한다. '지친 듯이 서산으로 걸터앉아/바랜 빛마저 식어가는데/그 모습이 길쭉하게 늘어져//긴 세월 거둔 허물 덩어리/종일토록 오랜 시간 달구어/살아 있는 나이로 헤아려 보고//스스로 잘할 수 있었던 일보다/하지 못할 일들이 목메인/지워지지 않는 그림자/그 모습이 내 모습이던가.' (시 〈그림자 1〉 전문)를 읊조리게 한다.

정처 없이 떠가는 구름이었나
어쩌다가 만나서 손을 잡고
한평생 같은 길로 다니다가
어쩌다가 따라잡지 못하고
손을 놓고 말았지
떠나야 한다고 약속 없는
가슴 아프게 헤어진 그리움은
아~ 아
저 하늘에 맴도는 구름이었나

하염없이 바라보는 창밖이었나
어쩌다가 마주친 눈빛으로

한 몸 되어 같은 길을 따르다가

어쩌다가 떠나는 당신은

먼저라야 합니까

가고 없는 빈자리 가득한

가슴으로 흐르는 빗속을

아~ 아

저 하늘에 망울진 눈물이었나.

─〈텅 빈자리〉 전문

〈텅 빈자리〉를 암송하게 한다.

　문학은 슬프다. 시는 더욱더 슬프다. 쓰레기장에 버려진 시가 개털에서 풍기는 악취 같은 영혼 때문에 슬프고, 잊혀진 사람의 외로움 같아 슬프고, 초로의 남자 어깨같이 무엇도 할 수 없다는 무기력 때문에 슬프다. 그런 시를 서용덕 시인은 원형적인 한국 정서로 아름답게 만들고, 노마드(Nomad)인 우리의 남루한 영혼을 위로해 준다. 우리의 영혼이 청결하고 역동적인 힘을 가질 수 있도록 시를 보여준다. 그것이 서용덕 시인의 시의 힘이다.

가을은 뒤안길로 떠나는 추억으로 내 머리통 기억 속에 떠나지 않는
황금벌판으로 담금질한 고향(집)을 떠나도 고향(집)을 지키리.